Coordinador de la colección: Daniel Goldin
Diseño: Joaquín Sierra Escalante
Dirección artística: Mauricio Gómez Morin

A la orilla del viento...

Brisac, Geneviève
Olga y los traidores / Geneviève Brisac ; ilus. de Erika Martínez ; trad. de Joëlle Rorive. — México : FCE, 2000
48 p. : ilus. ; 19 × 15 cm — (Colec. A la orilla del viento)
ISBN 968-16-6298-9

1. Literatura infantil I. Martínez, Erika, il. II. Rorive, Joëlle, tr. III. Ser. IV. t.

LC PZ7 Dewey 808.068 B259o

Primera edición en francés, 1996
Primera edición en español, 2000
Segunda reimpresión, 2002

Distribución mundial para lengua española

Sugerencias: editorial@fondodeculturaeconomica.com
www.fondodeculturaeconomica.com
Tel. (55)5227-4672 Fax (55)5227-4694

 Empresa certificada ISO 9001: 2000

Título original: *Olga et les traîtres*

ISBN 2211-03848-4

ISBN 968-16-6298-9

Impreso en México • *Printed in Mexico*

Para Alice y Éléonore

Olga y los traidores

Geneviève Brisac

ilustraciones de Erika Martínez
traducción de Joëlle Rorive

Fondo de Cultura Económica

OLG

Ocho años, tercero de primaria

◆ OLGA tenía dos días de haber cumplido ocho años.

–Existe un proverbio muy importante para quien esté comenzando su octavo año de vida –le dijo su abuelo, muy serio–. Es fácil de recordar: "ocho años, el justo tamaño", lo cual significa que uno no está ni adelantado ni atrasado, sino justo donde se debe en la escuela, como buen soldado. Es buena edad para un buen año.

Al decir estas palabras parecía un rey. "Tal vez Clovis, el primer rey de los francos", pensó Olga, tratando de poner en práctica lo que le contaba su maestra, para que no se le olvidara.

Como Olga no daba señales de estar muy convencida de que fuera interesante la cuestión de ir adelantada o atrasada en la vida, él le explicó:

–A los seis años uno aprende a leer, a los siete tiene uso de razón. Cada estación del año tiene su flor especial, ¿o no? Eso es lo que significa "ocho años, el justo tamaño", una especie de empeño en hacer lo correcto, pase lo que pase.

Mientras platicaba, el abuelo se fue poniendo sonriente.

Olga tuvo que armarse de paciencia para explicarle que hacía siglos que ya no se decía "ocho años, el justo tamaño": desde que su madre era niña, y ni siquiera entonces. Por lo visto el abuelo no prestaba atención a lo que pasaba en el mundo, así que ella intentó ponerlo al tanto:

–Mira, abuelo, en esta época tendrías que decir: "ocho años, tercero de primaria".

–Pero ¿quién diría algo así? –preguntó él, perplejo.

–Nadie –reconoció Olga con modestia–. "Ocho años, tercero de primaria" es un proverbio que nunca se pondrá de moda, no rima para nada. Lo siento.

No quería contrariar a su abuelo, hacerle sentir que vivía en el pasado ni darse cuenta de que, en realidad, según su sistema, "el justo tamaño" para ir a la escuela tendría que ser "seis años" para la primaria, o incluso, contando preescolar lo correcto sería "tres años", pero todo era demasiado complicado y su cerebro empezaba a embrollarse.

–Uno debería decir "ocho años, cara de engaño" –señaló Esther, la hermana mayor de Olga, que tenía doce años, un montón de pelo rizado de color castaño y se creía poeta sólo porque sabía recitar de memoria los versos de *Cyrano de Bergerac*.

El abuelo movió nerviosamente sus ojos negros y apretó los labios, que palidecieron hasta casi desaparecer, lo cual quería decir que estaba furioso. Salió del cuarto de las niñas, adonde había ido a sentarse a platicar y enterarse de cómo estaban. Olga se sintió molesta. Estaba segura de que el abuelo había ido a decirle a su hija, o sea a la mamá de Olga, que estaba sumamente disgustado por la educación que les daba a sus nietas. Siempre repetía lo mismo:

–Tú ya no tienes remedio –le decía a la mamá–, pero con las niñas es diferente.

El abuelo le había explicado cien veces a Olga que dejar que los niños hagan lo que quieran era uno de los problemas principales de la nueva generación, y ella estaba totalmente convencida: el hábito sí hace al monje, y quien ande por la vida diciendo cosas feas, tiene y tendrá alma de cerdo y corazón de rata.

–¿Estás loca o qué? –le gritó a Esther–. ¡Mira que decir "cara de engaño" frente al abuelo! ¡Corre a decir perdón!

–Puede que esté loca –dijo Esther con aire de nobleza–, pero, en primera, se dice "pedir perdón" y, en segunda, más vale loca que cobarde. Me pregunto si no vas por mal camino.

Y se fue, dejando a Olga sentada en la alfombra, aniquilada por tantas palabras. Lo que más le

preocupaba era que a Esther no pareciera molestarle usar frases como “cara de engaño” y “cara de perro”, que soltaba todo el santo día. Se hubiera dicho que, por el contrario, la enorgullecía. Además, Esther siempre era la primera de la clase, y eso no era normal. A menos que el abuelo estuviera completamente equivocado, y esa idea también le daba miedo a Olga. Lo normal es que al envejecer las personas se vuelvan cada vez más sabias; si no, ¿cuál sería la recompensa por las arrugas, los cabellos que se caen y los dientes postizos en un vaso con agua que se ven siempre en los dibujos animados?

Olga tomó nota de sus pensamientos para hablar luego con su madre, quizá durante el baño. Era el mejor lugar para platicar. Su madre se sentaba en el borde de la tina, como en el libro favorito de Olga cuando era más pequeña, *Perro azul*, y Olga jugaba con las burbujas, porque eso le ayudaba mucho a que sus ideas se aclararan.

El problema de guardar pensamientos que queremos recordar después, es que son todavía más resbalosos que el jabón en la tina, y Olga aún no había encontrado un sistema que resultara útil para volverlos a encontrar. Pasaba como con los sueños: uno creía que no se le iban a olvidar y de repente *¡pluf!*, se iban sin dejar rastro.

Olga tocó la puerta del cuarto de su mamá. La encontró sentada ante su escritorio rodeada de papeles, entre los que había unas carpetas de cartón en las que estaba

AMOR Y MATRIMONIO
SOLEDAD DE LOS VIEJOS
RENTAS NO PAGADAS
IMPUESTOS
BANCO
VACACIONES

escribiendo unos títulos muy bonitos: BANCO, SOLEDAD DE LOS VIEJOS, IMPUESTOS, VACACIONES, AMOR Y MATRIMONIO, EL RETO, RENTAS NO PAGADAS, LA REINA DE LAS NIEVES. Todos sus asuntos pendientes los ponía en una carpeta de cartón: desde los libros que escribía hasta las facturas que debía clasificar. Además, le daba mucha importancia a la presentación, igual que la maestra de Olga.

–¿Qué haces? –le preguntó Olga cortésmente.

Una pequeña nube oscurecía la cabeza de su mamá; eso significaba que más valía tener prudencia.

–Trato de pensar –dijo su mamá con voz de mártir–. Tengo diez minutos al día para pensar antes de preparar la cena, y tu abuelo acaba de robármelos.

Estaba obsesionada con el tiempo. No hacía más que hablar del tiempo que le faltaba, el tiempo que perdía, el tiempo que tenían los demás y ella no. Olga pensaba que bastaría con que se levantara dos horas antes por las mañanas. Calculaba que de este modo su mamá podría ahorrar cinco mil horas al año. Sin embargo, su mamá no estaba enterada de que los grandes imperios se construyen a base de pequeños ahorros. Sólo le interesaban las injusticias y especialmente las injusticias que le tocaban a ella. Era una rebelde.

–¿Podrías pasarme un cuaderno? Quiero escribir unas ideas –dijo Olga hablando muy rápido para no robarle demasiado tiempo a su mamá.

De pronto, a su mamá se le olvidó que no tenía tiempo.

–¿Qué ideas, hijita?

–Ideas sobre...

En ese momento Olga se dio cuenta de que lo había olvidado. Pero no importaba, porque su mamá ya estaba buscando en su escritorio. Luego sacó un bonito cuaderno negro y le arrancó dos páginas que ya estaban llenas de anotaciones en tinta negra.

–Ten, aquí está lo que necesitas.

Cuando se trataba de escribir, se habría dejado cortar en pedacitos para ayudar a su hija. Olga se alejó con su cuaderno. Era un poco pequeño para ella, pero no importaba. Hizo dos columnas. En una clasificó las cosas de su vida de siete años que debía eliminar, y en la otra, las de su vida de ocho años. Con letra muy grande puso como título el proverbio del abuelo: "¡Ocho años, el justo tamaño!", porque era bonito y claro. También escribió "ocho años, cara de engaño", porque era un acto de valentía, y parecía ser que los ocho años eran la edad de la valentía, antes que nada.

¡Ocho años, el justo tamaño!

ocho años cara de engaño

Mi pasado:

dormir

hobedecer

leernada
no reír

<u>Mi futuro:</u>
desir toda la verdad
ya no tenerle miedo a los grandes
¡la bida!

Cuando terminó la lista, cerró el cuaderno y lo escondió en un lugar secreto. Su corazón latía. ¿Por qué será que cuando uno está escondiendo algo siempre entra alguien? ◆

Un mal día

◆ A LA MAÑANA siguiente hacía frío. Olga discutió con su papá: él exigía que se pusiera un abrigo horrible y calcetines gruesos. ¿Acaso quería que todo el mundo se burlara de ella y que no le quedara ni una sola amiga? Olga cedió pues no le quedaba de otra, pero para vengarse no probó su desayuno. Esos cereales eran muy malos, una porquería, y todos los niños saben que una manera de molestar a sus padres es dejar de comer por la mañana, sobre todo en invierno. Desesperada, se fue a hacerle un cariño a Schmurff, su hámster y fiel confidente.

–Ya ves, Schmurff, el abuelo quiso hacerme creer que a los ocho años todo es justo, pero no es cierto. ¿Por qué me obligan a ponerme calcetines? ¡Los calcetines son para los debiluchos!

Schmurff le lamió la nariz, lo cual era su especialidad. Para ser un hámster era bastante inteligente. Olga salió de la casa dando un portazo; al fin y al cabo podía echarle la culpa al viento. El día empezaba a clarear y las hojas del parquecito que debía atravesar para llegar a la pequeña escuela volaron como murciélagos anaranjados. El suelo también se veía anaranjado y amarillo, tapizado de castañas con las que Olga llenó los bolsillos de su abrigo. Ahora sí parecía un espantapájaros de verdad. Se cubrió el pelo con hojas y empezó a sentirse de mejor humor. Delante de ella reconoció una pequeña silueta familiar: era Natacha, una compañera con la que solía hacer el recorrido a la escuela. Olga gritó. Natacha se dio vuelta. Y corrieron a encontrarse, con sus mochilas bamboleándose sobre la espalda.

Como en una película, el día empezaba a componerse.

Lo mejor de todo era que a Natacha le gustaba discutir

tanto como a Olga. Discutían sobre Dios, sobre la injusticia y sobre todas las cosas horribles que sucedían. Solían decir: "¡Otra cosa horrorosa!" Lo decían casi todos los días, como una oración, como para coleccionar pequeñas pruebas de que estaban al tanto de todo.

Un rayo de sol helado les rozó la cabeza y, para darse valor, se pusieron a canturrear un rap inventado:

Caminito de la escuela
hace un frío que pela;
pero si yo no voy,
mucho más fría estoy.

Las castañas resonaban en sus bolsillos. Todo estaba bien.

Al llegar a clase, ¡sorpresa!: la maestra no estaba. Había un ruido tremendo. Todo el mundo gritaba pero Olga no entendía por qué.

Arturo y Samuel habían empezado a hacer un enorme mural en el pizarrón, con fantasmas, Batman, Drácula, Davy Crockett, los Cazafantasmas y Barbie. Había guerras de papelitos y alguien se divertía usando la luz como reflector de una disco: el salón se cimbraba y pasaba de la luz deslumbrante a la mayor oscuridad. Tres niñas que se creían las *supermodelos* del grupo bailaban contoneándose encima de las mesas. Estaban a punto de caerse, pero mientras tanto se divertían mucho. Nadie se hubiera imaginado que treinta y cinco niños de tercero de primaria estarían tan despiertos a las ocho cuarenta y cinco de una mañana de noviembre. De repente se abrió la puerta. Era de esperarse, pero siempre daba miedo cuando sucedía.

Carolina gritó:

–¡Cuidado!, ahí está...

–¡El director! –completó el señor Bucle, el director.

Sonreía, y eso no prometía nada bueno. Y, con la sonrisa en la boca, anotó los nombres de Victoria Güemes, Carolina Farragut y Ludovina Ragusa, las tres bailarinas. Luego dictó su sentencia:

–Me van a hacer una composición de tres páginas sobre el tema de *La cigarra y la hormiga:* explicarán la historia, inventarán otra historia actual con el mismo tema y la copiarán tres veces, lo que dará tres páginas, ¿de acuerdo?

"Tres páginas... ¡Está loco!", pensó Olga. Estaría loco, pero él seguía hablando con la sonrisa en la boca. Junto a él venía la que iba a sustituir a su maestra, quien faltaría toda la semana. Escuchando a medias, Olga se perdió en una ensoñación, al fin que de todas maneras se enteraría. Pensaba que el señor Bucle seguramente estaba muy orgulloso de sus enormes dientes blancos; de lo contrario no andaría sonriendo todo el tiempo. Olga se preguntó si no habría sido cocodrilo en otra vida, pues es muy difícil sonreír mientras uno habla. Aunque pensándolo bien los cocodrilos son más conocidos por sus lágrimas que por sus sonrisas llenas de dientes. Y era difícil imaginarse al señor Bucle llorando, ni siquiera como cocodrilo. ¡Ya lo tenía!: se parecía al cómico Fernandel. Tenía que decírselo a Natacha, así que escribió un pequeño mensaje con un dibujo y ¡listo!, el papel pasaba de mano en mano. Natacha se rió. Hizo un gesto bajo el pupitre que significaba: "¡Bien dicho, amiguita!"

–Les presento a su maestra por esta semana –continuó el señor Bucle–: la señora Guante.

Nadie se rió, pero se sintió una brisa flotar por el salón. El señor Bucle salió con mucha dignidad.

La señora Guante miró a sus nuevos alumnos. Era una mujer muy extraña, y, mientras la observaba, a Olga casi le dieron ganas de llorar. Le hubiera gustado hacer un dibujo de ella para dejar de tenerle miedo, pero era demasiado peligroso.

La señora Guante tenía el cabello de color gris acero, los labios demasiado rojos, los ojos llenos de arrugas, una falda tableada, una apariencia enérgica, y la voz metálica que debe salir de una persona metálica. Llevaba zapatos sin tacones y una pañoleta Hermes con caballos.

Para dirigirse a sus alumnos hizo una voz como la del

lobo tocando a la puerta de los tres cerditos, una voz melosa. Le ponía miel, pero miel de la que da miedo.

–Vamos a ver cómo andan mis pequeños corderitos. Mamita Guante les va poner un examen para averiguar con qué tipo de desastre tendrá que lidiar. Es muy sencillo, por dondequiera que voy, me dedico a apagar incendios. ¡Los incendios de la ignorancia! ¡Ja! ¡Ja! ¡Ja! "Mamita Guante, bombero ambulante", ¡ése es mi lema!

Olga no sabía lo que significaba "lema", pero eso no era ningún consuelo. Le temblaban las piernas, y sus manos apenas lograban sacar las cosas del estuche. Eloísa, su compañera de banca, tampoco parecía muy segura.

–Tomen una hoja; escriban su nombre en la esquina superior del lado izquierdo y la fecha en la esquina del lado derecho, y ¡a trabajar!: conjugaremos verbos, tomaremos dictado y haremos operaciones de matemáticas.

Era como una declaración de guerra. No se oía ni el zumbido de una mosca; solamente a Ludovina, que se sorbía los mocos por lo de su castigo. El examen fue difícil. La señora Guante no dejaba de pasearse entre las filas de pupitres, haciendo resonar los tacones de sus zapatos y un montón de otros ruidos preocupantes.

Por fin sonó la campana; era hora del recreo y todos salieron, o más bien, se desbordaron del salón, como las burbujas que salen al agitar una botella de refresco.

Natacha y Olga se refugiaron en un rincón secreto, detrás de la enfermería. Estaban nerviosas.

–Señora Guante, cara de elefante, eso es lo que pienso –dijo Olga, sintiéndose aliviada por su propia insolencia.

–Señora Manopla, cara de copla –intentó Natacha, pero se daba cuenta de que no era muy buena rima.

–Señora Mitón, cara de ratón –probó Olga, con más refinamiento.

–Sí, eso es. ¡La Bruja Mitones! –festejó Natacha. Ya estaba.

Tenían la sensación única y extraña de haber descubierto el nombre exacto de algo, de haber identificado la verdadera naturaleza de esa inquietante persona.

Había que desconfiar de ella.

Después del recreo, la señora Guante les pidió que leyeran en silencio dos páginas del libro de lecturas. Debían copiar los adjetivos en dos columnas, los masculinos a la izquierda y los femeninos a la derecha. A Olga le gustaba ese tipo de ejercicios; se parecía a colorear (como lo hacía cuando era pequeña): hay que tener cuidado y, al mismo tiempo, una vez que uno ha comprendido no hace falta más esfuerzo, la mano actúa sola.

Mientras corregía los exámenes, la señora Guante levantaba la nariz de cuando en cuando y echaba una mirada circular y tensa alrededor del salón.

ENFERMERIA

Hacia el mediodía retomó su voz de lobo meloso y anunció que entregaría los resultados por la tarde, y que por lo pronto habría una discusión de grupo, "porque yo sé cuánto les gusta discutir". Y palmeando las manos añadió: "¡A mí también me encanta!"

–Me pregunto si no está un poco loca... –susurró Olga a sus amigas.

–*Completamente* loca, cara de foca –dijo Natacha, que le había tomado gusto a ese juego bobo.

Pero no todos opinaban lo mismo.

Extrañamente, Ludovina, Carolina y Victoria pensaban que la señora Guante era una maestra muy seria y muy buena.

–Nos hace sentir bien, tranquilas –dijo Victoria.

Olga no lo podía creer.

–¿Cómo que tranquilas? –protestó–. La señora Guante es demasiado nerviosa, habla muy alto, todo el tiempo está jugando con su pelo, se ríe de sus propias bromas, se burla de Saturnino Meollo porque tiene un nombre chistoso, es una dictadora en potencia, y la tranquilidad a que se refieren es el silencio de los miedosos, el terror de los cobardes.

Las últimas palabras venían de una película que le encantaba a Esther: *El hombre que mató a Liberty Valance*. ◆

La guerra es la guerra

◆ LLEVABAN dos horas sentados en el salón. Un rayo de sol caía justo sobre el ramo de flores que la señora Málevitch, la maestra titular, había recogido la semana anterior. Las margaritas de color amarillo y rojo oscuro se veían marchitas. Olga sintió lástima al verlas. Tal vez eso quería decir que su maestra se encontraba muy mal. Y si se morían las flores, significaría que la maestra también habría muerto. Había una historia que contaba algo parecido, Olga ya no recordaba dónde, pero le gustaba mezclar las ideas de los cuentos y las ideas de la vida.

–Tira a la basura esas flores muertas –le dijo la señora Guante a Eloísa, que estaba sentada en primera fila.

A Olga se le encogió el corazón. Había que negarse, había que resistir. Pero Eloísa se levantó y salió con la jarra y las flores sentenciadas.

La señora Guante les entregó los exámenes corregidos a Natacha y a Olga para que los repartieran.

Viéndola de cerca, se notaba que se había puesto una

KEVIN 3
ARTURO 1
CAROLINA 3
LUDOVINA 1
VICTORIA 0
OLGA 4
SATURNINO 3
ELOÍSA 2
NATACHA 4
SAMUEL 2
SEBASTIÁN 0

tonelada de polvo en la cara y un perfume horrible, tipo elevador. Olga se había dado cuenta de que los elevadores conservan muy bien los olores que marean: el humo de cigarro y los perfumes muy florales, como de lilas o pachuli, por ejemplo.

Los exámenes estaban cubiertos de rayones rojos y verdes que parecían zarpazos.

Olga veía muchos ceros y le volvieron a flaquear las piernas. "Definitivamente soy una cobarde", pensó. Intentó canturrear la frase de su abuelo: "ocho años, el justo tamaño", como una minúscula marcha militar secreta.

La señora Guante tomó la palabra:

–Es increíble –dijo–, nunca he visto un grupo igual. Y vaya que he visto desastres, Waterloos y Trafalgares.

Todo el mundo se miraba. "Son lugares de Londres", murmuró Saturnino Meollo, pues viajaba mucho con su mamá, que era traductora en el mundo entero. Bueno, eso era lo que él decía. Sin embargo, en el estrado, la maestra sustituta lanzaba unas miradas amenazadoras para nada como para estar hablando de Londres.

–Son unos ignorantes, unos analfabetos e iletrados, unos bárbaros, desganados, unos desabridos, unos...

Parecían faltarle palabras.

–¡Unos buenos para nada, maestra! –dijo alguien, para ayudar.

La señora Guante enrojeció de furia.

–¡Silencio! –gritó.

No se oía nada aparte de los sollozos de Ludovina, que había sacado un 1.

No se valía llorar en el salón de clases por una mala calificación, estaba muy mal visto. Eso era para chiquitos. Todo el mundo se sintió avergonzado por ella, pues todos habían sacado menos de 4, o un 4, como Olga y Natacha.

–El examen que les puse es una tarea de principios de año conforme al plan de estudios del año 1943 –dijo la

señora Guante–. Ustedes nunca les llegarán ni a los talones a sus abuelos.

Sin querer, Olga se imaginó un bosque de pies viejos. "Pues qué pena", pensó, "habrá que hacer otra cosa: abrazarlos muy fuerte, escuchar sus cuentos, enseñarles a usar la computadora, contarles películas y cantarles canciones." Pero, de repente, fue interrumpida en sus fantasías por una mano que le tiró de la manga, una mano furiosa, pegada al brazo y al cuerpo de la señora Guante.

–Y ahora, vamos a iniciar la discusión –dijo la nueva

maestra, con aire muy satisfecho–. El tema a discutir será: "¿Por qué son así de malos?"

Olga estuvo a punto de gritar: "cara de palo". Por suerte se detuvo a tiempo. Nadie decía nada. Olga sintió que en su cabeza se formaba una nube blancuzca y amarillenta, como si le hubieran rellenado el cerebro de algodón. No se le ocurría ni una idea. Ni siquiera había entendido la pregunta.

–Voy a repetir una vez más: ¿por qué nadie sabe nada en este dizque tercero de primaria? –dijo la señora Guante en tono amenazador–. Les advierto que quiero oír sus respuestas, así que nos quedaremos aquí el tiempo que haga falta.

–¿Acaso nos puede obligar a quedarnos toda la noche? –musitó Natacha, muy pálida.

Entonces sucedió algo muy raro: se rompió el hielo. Primero, Olga sintió que alguien detrás de ella se agitaba y, a su lado, alguien más se retorcía. El que se agitaba era Sebastián, de quien estaban enamoradas todas las niñas del salón, pues siempre era el primero en todo y nunca olvidaba la flauta ni sus cosas para educación física. Y quien se retorcía era Ludovina, una niña a la que siempre le gustaba opinar acerca de todo.

Sebastián levantó el dedo.

–¡Te escucho! –dijo la señora Guante.

–Desde que estamos con la señora Málevitch no hacemos nada en clase –dijo el traidor de un tirón–. No deja tarea. Hay muchos que no se saben las tablas de multiplicar, por lo menos del cinco para arriba. Nunca hacemos gramática, y la maestra escribe todo en el pizarrón. Hasta hacemos teatro y poesía, y vamos al museo porque la maestra piensa que la pintura es importante. De veras nos preguntamos cómo le vamos a hacer para conseguir trabajo cuando seamos mayores, si no sabemos hacer más que dibujos, pintura, música, teatro o usar la computadora. No sabremos trabajar, pues hemos perdido el sentido del esfuerzo. ¿De qué habrán servido todos los desvelos de nuestros padres?

–Aunque es su voz, suena como si alguien más hablara por medio de su cuerpo –susurró Natacha a Olga–. Parece que está tomado por la posesión. ¿Tú crees que algún demonio se le haya metido en el cuerpo?

–¡No lo creo!, es demasiado feo –resopló Olga–. Yo diría que habla como un lorito que quiere ser el consentido de la maestra. A fin de cuentas no usó más que palabras de gente mayor. ¡Y no se dice "estar tomado por la posesión"! ¡Se pregunta una a qué escuela vas!

Natacha contestó:

–¡Yo te diría que no se dice "una", cuando uno pretende dar lecciones de español a sus amigas! "Una" es artículo indeterminado y de mala educación, decía mi abuela.

Sus cuchicheos fueron interrumpidos por la voz envenenada con miel de la señora Guante.

–¡Qué valiente eres, mi niño! ¡Qué lúcido! ¿Sabe alguien en este salón lo que significa la palabra "lúcido"?

Se notaba que Ludovina estaba decepcionada, pues la maestra había puesto en peligro su momento estelar al embarcarse en una explicación de la palabra.

Volvió a levantar muy alto el dedo, sosteniendo un brazo con el otro mientras seguía retorciéndose. Tenía torcida hasta la boca.

–Sí, Ludovina –dijo la señora Guante.

–¡Lúcido significa "que sabe leer bien"!

Hubo un silencio pasmoso en el salón. ¡Qué de cosas sabía esta Ludovina!

Pero la señora Guante hizo un gesto avinagrado.

–Si hay algo que detesto en este mundo son las respuestas sin pies ni cabeza. Ludovina, tienes cero y te pondré un castigo para que alimentes tu cerebro.

–¿Qué quiere decir eso? –le preguntó Olga a Natacha–. ¿Que no le dan suficiente de comer?

–Yo creo que no le gustan las niñas –contestó Natacha–. ¿Viste lo amable que fue con Sebastián y el trato inmundo que le dio a Ludovina?

Dudaban en demostrar su indignación, porque, después de todo, Ludovina era un mal bicho. No obstante,

el abuelo de Olga había repetido muchas veces que, cuando se lucha contra la injusticia, uno no debe tener en cuenta la simpatía que pueda sentir por las víctimas. Eso era difícil de entender y aún más difícil de hacer.

Por supuesto que Ludovina ya estaba llorando otra vez. Su vecina Victoria se lanzó a defenderla valientemente.

–Es que no es lo que quiso decir, maestra –maulló con vehemencia.

–No se dice "es que no es", que suena feísimo, como un montón de estiércol –replicó la señora Guante majestuosamente–. Y ¿qué quiso decir su amiga?

–Mi amiga... –empezó Victoria.

Todos se echaron a reír.

–Les aconsejo que se tranquilicen, mis conejitos, si no quieren acabar en el guisado –dijo la señora Guante.

Se hizo silencio de inmediato. Nadie entendía lo del guisado y los conejos, pero preferían no entender.

–Te escucho, Victoria.

–Queríamos decir que la maestra nos dejaba hacer lo que se nos antojaba, por eso no trabajábamos, y mi papá dice que tenemos muy bajo nivel y que nunca nos pondríamos al corriente, y queríamos decirle que hay algunos que...

Después de ella, dos o tres niños levantaron la mano para decir que no sabían nada y que estaban dispuestos a trabajar. Hasta el mismo Saturnino, de quien la señora Guante se había burlado por la mañana, se levantó a recitar la tabla del ocho, quizá por no quedar mal o por alguna otra razón secreta.

Zorán dijo que estaba muy contento de poder al fin decir todo lo que no andaba bien con la señora Málevitch.

–Además, no es una verdadera maestra de tercero –dijo Alcidia Filipón–. Mi mamá me lo dijo; viene de una escuela especial de otro país, donde no estudian como nosotros.

Olga sintió que la cabeza se le calentaba y el corazón le latía a toda carrera.

Una fuerza oculta la impulsó a levantarse y una voz desconocida salió de su boca. No se dirigía en particular a la señora Guante, sino más bien a sus compañeros de grupo:

–¿De qué tienen miedo? Si no somos nada es por nuestra culpa. ¡Si hubiéramos querido trabajar el año pasado, seguramente la señora Málevitch no nos lo habría impedido! Es demasiado fácil acusar a una persona que no está aquí y que, además, está enferma. Esa persona siempre los ha tratado muy bien. ¡Se diría que ahora se lo reprochan! No son más que un montón de fracasados, dos caras!

Tartamudeaba y las lágrimas inundaron sus ojos.

Entonces se mordió los cachetes con mucha fuerza; era un truco que siempre funcionaba.

Natacha sintió que, en efecto, había que luchar.

También se levantó.

–Lo que creo es que aquí existen varios cobardes y lambiscones cara de limones.

La señora Guante palideció.

–Ya veo –dijo–, ya veo.

Sin embargo, nadie alcanzó a oírla porque en ese momento se desató una pelea descomunal en el salón. Todos se lanzaron contra todos dando codazos, rodillazos y cabezazos. Los cuadernos volaban por el aire. Lo curioso era que había tanto niñas como niños en esta guerra entre los defensores de la señora Málevitch y los de la señora Guante.

La señora Guante observaba con horror la batalla campal, lanzando pequeños gritos y agitando los brazos. Pero más bien habría necesitado un silbato, una campana o un chorro de agua.

Entonces se abrió la puerta.

–Cuidado, ahí viene el... –gritó alguien.

–Director –completó el señor director, que esta vez no sonreía.

–Señora Guante, ¿podría explicarme lo que sucede aquí?

–Es que... yo yo yo yo pu pu pu...

Tartamudeaba.

Los alumnos permanecían inmóviles, en la posición en que los había sorprendido el señor Bucle.

"Parece el fin del mundo, o una lluvia de cenizas, o Pompeya", pensó Olga, "si unos arqueólogos nos encontraran dentro de dos mil años seguramente se preguntarían: ¿pero qué les pasó?"

–¡Vamos, recupérese, señora Guante! Me sorprende muchísimo: le asignamos un grupo muy fácil, muy dulce, muy tranquilo.

–Cara de cocodrilo –murmuró Kevin, el vecino de Olga.

¿Se habría contagiado de la enfermedad del juego?

–¿Qué les hizo para ponerlos en ese estado al fin del día? –prosiguió el señor Bucle–. Sin duda le faltó autoridad; tiene que serenarse, un poco de firmeza no hace daño, ¿sabía?

En ese instante se oyó un ruido de algo suave y pesado que se desplomaba: era la señora Guante, que –como se dice en las películas– se desvanecía.

–¡Qué suerte tiene de saber desmayarse así! –le susurró Olga a Natacha.

El señor Bucle estaba inclinado sobre la señora Guante dándole golpecitos en las mejillas; era difícil no reírse. Sólo Ludovina lloraba un poco, probablemente por costumbre.

Cuando la maestra sustituta por fin se reanimó y logró sentarse, el director se dirigió a los niños:

–Y ahora, ¿quién me va explicar qué pasa aquí?

Silencio.

El silencio se prolongó un buen rato.

–De modo que nadie tiene nada que decir –observó el director–. Entonces ¿aquí no pasó nada?

Miró fijamente a los ojos a cada alumno. El silencio se hacía más espeso, como una salsa que se pone al fuego.

El señor Bucle tomó a la señora Guante por el brazo y salieron del salón. ◆

La paz

◆ EN ESE preciso momento sonó la campana.

–¡Creo que todos hemos aprendido algo! –le dijo pensativa Olga a Natacha, mientras atravesaban el parque pateando castañas.

–Me extrañaría –replicó Natacha–. Me extrañaría que esa bola de cobardes haya aprendido algo. Le tuvieron miedo a la señora Guante y por eso traicionaron a la señora Málevitch. Después le tuvieron miedo a Bucle y abandonaron a la señora Guante. Los seres humanos son traicioneros cara con ceros.

–Déjame decirte que se dice "cara de" y no "cara con" –replicó Olga tristemente.

De pronto oyeron unos gritos detrás de ellas. ¡Horror y maldición!: eran Ludovina y Carolina.

–¡Vienen felices de la vida! –dijo Olga, que se había dado la vuelta para mirarlas.

Carolina pasó su brazo por los hombros de Olga, que odiaba que la tocaran sin su consentimiento. Se quedó callada, todas callaron: era la nueva moda: el silencio.

Olga se escabulló del brazo de Carolina.

–Cuánta razón tenían –dijo Carolina de repente–. No sé lo que nos pasó. Es como si el miedo nos hubiera embrujado. Decíamos frases que no sabíamos de dónde venían. Porque yo quiero mucho a la señora Málevitch.

–Yo también la quiero mucho –añadió Ludovina–. La semana que viene le voy a traer un montón de flores, muchas flores rojas y amarillas. Mi tío tiene de ésas en su jardín.

Olga pensaba en el ramo de margaritas sacrificadas.

–Te hubieras podido dar cuenta antes –le dijo secamente a Ludovina.

–Ya lo sé –dijo Ludovina jugando con su pelo–. Pero queríamos preguntarles algo.

–¿Cómo qué? –dijo Olga, desconfiada.

–No le van a contar nada a la señora Málevitch, ¿verdad?

–¡Nosotras no somos traidoras! –exclamaron a dúo Olga y Natacha. Y se alejaron de las otras dos con aire digno. Estaba bien ser magnánimas, pero tampoco había que exagerar.

–¿Crees que podríamos volvernos como ellas? –preguntó Natacha–. Sólo de pensarlo me da miedo.

–No te preocupes, yo te avisaré si te sucede –le contestó Olga, y ambas se echaron a correr pateando castañas. ◆

Índice

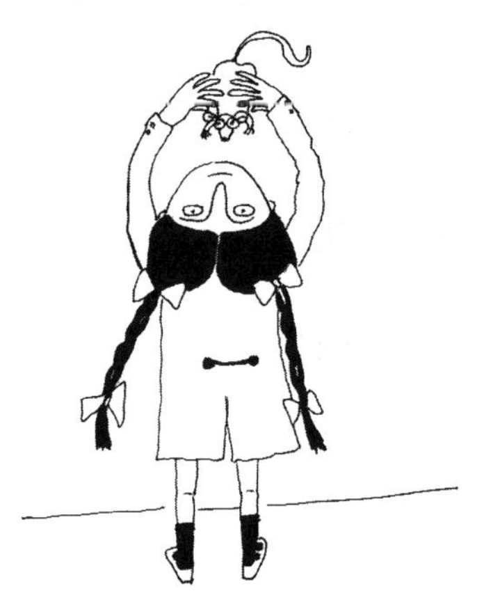

Este libro se terminó de imprimir y encuadernar en el mes de marzo de 2006 en Impresora y Encuadernadora Progreso, S. A. de C. V. (IEPSA), Calz. de San Lorenzo, 244; 09830 México, D. F. Se tiraron 3 000 ejemplares.

para los que empiezan a leer

Fantasmas escolares
de Achim Bröger
ilustraciones de Juan Gedovius

—¡Qué horror! —gimió Tony.

—¡Es una pesadilla! —se lamentó su hermana—. El sol brilla, y nosotros aquí en la escuela.

Apenas podían creerlo, de tan horrible que aquello les parecía.

Ambos lucían pálidos y temerosos; terriblemente pálidos. Además tenían un brillo verdoso y sus ojos eran fantasmagóricamente rojos…

Achim Bröger nació en 1944. Además de escribir libros para niños y jóvenes, también escribe obras de teatro y guiones para televisión. Sus obras se han traducido a más de quince idiomas. Vive con su familia en Brunswick.

para los que empiezan a leer

La historia de Sputnik y David
de Emilio Carballido
ilustraciones de María Figueroa

—¿Sputnik?
Fue entonces cuando el maestro lo vio, avanzando aprisa hacia él, dando colazos coléricos.

—Vamos a ver quién diseca a quién —murmuraba entre sus muchísimos dientes.

El maestro se subió al escritorio.

—Si te lo llevas, te pongo diez y en examen final —propuso.

Sputnik daba colazos que hacían cimbrar la tarima y el escritorio.

—Si no les hace nada a los otros animales y les pone diez a mis cuates, me lo llevo —contraofreció David.

—¡Todos tienen diez, ya váyanse! —gritó el profesor.

Emilio Carballido es uno de los más importantes dramaturgos latinoamericanos contemporáneos. También es novelista y autor de varios libros para niños.

para los que empiezan a leer

Loros en emergencias

de Emilio Carballido
ilustraciones de María Figueroa

El aeropuerto lanzó su amistoso tubo hacia el costado del avión. La portezuela tardó un poco en abrirse. Adentro daban instrucciones en tres idiomas:

—Rogamos a los pasajeros que pemanezcan en sus lugares hasta que la nave esté inmóvil. Manténgase en su asiento y dejen salir en primer término a loros, guacamayas y periquitos.

"¿Y yo qué?", pensaba el pájaro carpintero. Nadie lo había advertido y él era, de algún modo, el responsable de la situación.

Emilio Carballido, dramaturgo, novelista y cuentista, es una de las figuras más vitales de la literatura mexicana contemporánea.

Eres único

de Ludwig Askenazy
ilustraciones de Helme Heine

En este libro se cuenta la historia de un erizo que se rasuró las espinas para complacer a su novia, la gata Silvina; la de un elefante olvidadizo que se hacía nudos en la trompa para recordar; la de un ciervo que prestó su cornamenta para hacer un árbol de Navidad, y las de muchos otros personajes que, como tú, son realmente únicos.

Ludwig Askenazy ha escrito numerosos libros para niños y jóvenes. Actualmente vive en Alemania.